1. Lesestufe

Katja Reider • Katja Königsberg • Petra Wiese

Knifflige
Detektivgeschichten
für Erstleser

Mit Bildern von Marijke ten Cate, Dagmar Henze und Detlef Kersten

Ravensburger Buchverlag

Bibliografische Information der Deutschen Nationalbibliothek:

Die Deutsche Nationalbibliothek verzeichnet diese Publikation
in der Deutschen Nationalbibliografie.
Detaillierte bibliografische Daten sind im Internet
über **http://dnb.d-nb.de** abrufbar.

7 8 9 10   19 18 17 16

Diese Ausgabe enthält die Bände
„Detektivgeschichten zum Mitraten" von Katja Reider
mit Illustrationen von Marijke ten Cate,
„Meisterdetektiv Benjamin Katz – Das Gespenst im Garten" von Katja Königsberg
mit Illustrationen von Dagmar Henze
sowie „Oh Schreck, Welli ist weg!" von Petra Wiese
mit Illustrationen von Detlef Kersten.
© 2005, 1999, 2005 Ravensburger Buchverlag Otto Maier GmbH

Ravensburger Leserabe
© 2012 Ravensburger Buchverlag Otto Maier GmbH
für die vorliegende Ausgabe

Umschlagbild: Irmgard Paule
Umschlagkonzeption: Anna Wilhelm
Printed in Germany
ISBN 978-3-473-36276-9

www.ravensburger.de
www.leserabe.de

Inhalt

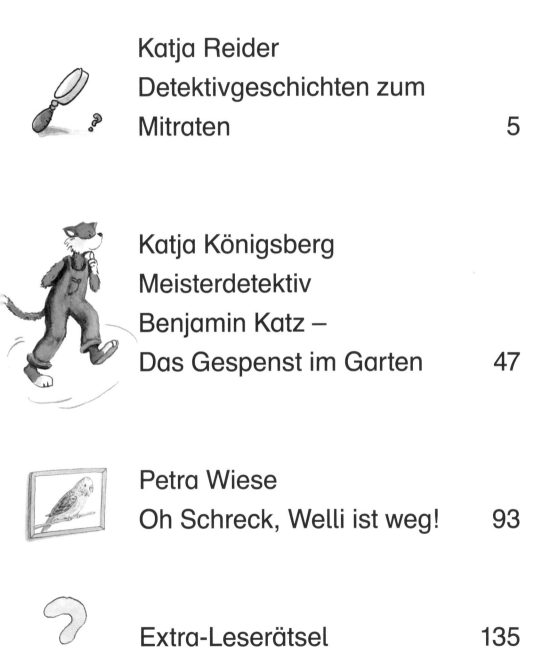

Katja Reider

Detektivgeschichten zum Mitraten

Mit Bildern von Marijke ten Cate

Inhalt

Verräterische Federn

Heute feiert die Klasse 2b Fasching.

Til geht als Indianer.

„Du hast ja

einen tollen Kopfschmuck!",

sagt Jannis bewundernd.

„Aus echten Federn", erklärt Til.

Jule kichert.

„Geh mir bloß aus dem Weg, Til!

Bei Federn muss ich immer niesen.

Und Jannis auch!

Oh, schaut mal,

wie lustig Moritz verkleidet ist!"

Moritz geht als Bäcker.
Er trägt eine Kochmütze,
eine weiße Schürze –
und eine echte Sahnetorte!
Hmm… die sieht ja lecker aus!

Aber jetzt wird erst mal gespielt.
Es gibt einen Hindernislauf
quer über den Schulhof – super!

Endlich geht es zurück in die Klasse.
„Jetzt essen wir die Torte!", kräht Til.

„Au ja!", rufen alle.

Aber die Torte ist verschwunden!

Einfach geklaut –

Frechheit!

Ob die 2a den Dieb beobachtet hat?

Schon stürmen die Kinder

nach nebenan.

Tatsächlich:
„Ich habe einen Indianer
mit einer Sahnetorte gesehen!",
meldet Jurek, der Klassensprecher.

Einen Indianer?! –
Sofort schauen alle auf Til.

Aber der schüttelt den Kopf.

„Ich habe meinen Kopfschmuck
im Flur gelassen.
Den kann jeder getragen haben.
Hey, wo ist eigentlich Jannis?"
Ah, da kommt er ja!

„Hallo, ihr alle!", ruft Jannis.

„Ich … ha-ha-haatschi!"

„Jetzt ist mir alles klar!", ruft Til.

„Jannis hat die Torte geklaut!"

„Wieso geklaut?", lacht Jannis.

„Ich habe sie in die Küche gestellt."

„Ach sooo …" Alle lachen.

Jannis überlegt.

„Aber eins interessiert mich jetzt:
Woher wusste Til,
dass ich der ‚Torten-Dieb‘ war?"

16

Eiskalte Lüge

„Schaut mal, Mädels!"
Stolz wedelt Lotti
mit ihrer neuen Geldbörse.

„Mein Geburtstagsgeschenk von Oma!
Mit dreißig Euro drin. – Toll, oder?
Heute lade ich euch zum Eis ein."

„Au ja!" Marie und Helena jubeln.
„Kommt, wir gehen zu ‚Il Gelato'!
Da gibt es das beste Erdbeereis
der ganzen Stadt!"

„Dreimal Erdbeer mit Sahne, bitte!",
bestellt Lotti.
Die Kellnerin nickt.

Kurz darauf stehen die Eisbecher
auf dem Tisch.

Hmm… schmeckt das Eis lecker!
Viel zu schnell sind
die drei Becher ausgelöffelt.
Lotti bezahlt.

Dann schaut sie auf ihren Rock.
Oje, ein dicker Erdbeerfleck!

Lotti läuft in den Waschraum,
um den Fleck auszuwaschen.

Dann schlendern die Freundinnen weiter.
Doch plötzlich bleibt Lotti stehen.
„Oh nein!", ruft sie erschrocken.

„Ich habe meine Geldbörse vergessen!

Auf der Ablage im Waschraum.

Schnell, wir müssen zurück!"

Lotti rennt voraus.

Aber die Geldbörse ist nicht mehr da.

Vielleicht weiß ja die Kellnerin etwas?
„Haben Sie meine Geldbörse gefunden?",
fragt Lotti.

Die Kellnerin schüttelt den Kopf.
„Im Waschraum war sie nicht!", erklärt sie.
„Tut mir leid!"

Kaum sind die Mädchen draußen,
flüstert Helena Lotti aufgeregt etwas zu.
„Da stimmt was nicht!
Ich muss noch mal zu ‚Il Gelato'!
Aber diesmal mit Papa!", ruft Lotti.

Und tatsächlich:

Lotti bekommt ihre Geldbörse zurück.

Wie hat sie den Dieb wohl überführt?

Aufregung bei der Pyjama-Party

„Eine Einladung zur Pyjama-Party?!"
Leon strahlt.
„Danke, Caro! Ich bin dabei!"

„Bea und Julian kommen auch",
sagt Caro.
„Mehr durfte ich nicht einladen."

„Ihr habt ja auch nicht viel Platz",
sagt Leon.

„Das versteht doch jeder."

„Leider nicht", seufzt Caro.

„Schau, wie sauer Arifa und Max sind,
weil ich sie nicht eingeladen habe!"

„Mach dir nichts draus!", tröstet Leon.
„Die beiden beruhigen sich schon wieder.
Sollen wir etwas mitbringen?"
Caro lacht: „Pyjama und Zahnbürste!"

Die Party wird ein voller Erfolg:
Zuerst bauen die Kinder
ihr Bettenlager auf.

Caros Mama serviert Kakao
und frische Waffeln mit Sahne.
Dann gibt's eine Kissenschlacht.

Es ist schon sehr spät,
als endlich alle einschlafen.

R-r-r-ring! Nanu – das Telefon!
Verschlafen greift Caro zum Hörer.
Aber niemand meldet sich.

Als Caro wieder eindämmert,
klingelt es noch einmal.
Jetzt sind alle wach – und genervt.

„Jemand will uns ärgern, oder?",
meint Bea gähnend.
Die anderen nicken.

Da klingelt es erneut.

Diesmal geht Leon an den Apparat.

Wieder meldet sich niemand.

Nur das Läuten einer Glocke

ist zu hören.

Da schnauzt Leon plötzlich los:
„Max, hör sofort auf damit!
Sonst gibt's Ärger!"

Den Rest der Nacht bleibt es ruhig.
Aber woher wusste Leon,
dass Max der Störenfried war?

Einbruch am Mittag

Jeden Mittag holt Henri seine Mutter
in ihrem Juweliergeschäft ab.
Die beiden essen zusammen.
Danach arbeitet Mama weiter
und Henri macht Hausaufgaben.

„Gehen wir in die Pizzeria?",
fragt Henri heute.

„Einverstanden!" Mama lächelt.
„Schau, die Sonne scheint!
Wir können sogar draußen sitzen!"

35

Mama bestellt Spaghetti
und Henri eine leckere Pizza.

Aber plötzlich ziehen dicke Wolken auf.
Schon fallen die ersten Regentropfen.
Schade, jetzt müssen sie drinnen essen!

Dann geht es im Laufschritt zurück.
Gut, dass Mamas Geschäft so nah ist!

Aber – oje! – was ist denn da passiert?
Jemand hat die Tür aufgebrochen!
„Die Goldkette ist weg!", ruft Mama.
„Sie lag eben noch neben der Kasse!"

Während Mama die Polizei ruft,
stürmt Herr Kroll
vom Laden nebenan herein.

„Ein Einbruch?", fragt er aufgeregt.
„Leider habe ich nichts bemerkt.
Ich bin selber gerade erst gekommen."

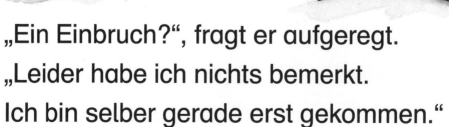

Herr Kroll schaut nach draußen.

„Oh, dieser Regen!

Ich muss mein Autoverdeck schließen!

Bin gleich wieder da!"

Henri blickt ihm nachdenklich hinterher.
„Du Mama, ich glaube,
Herr Kroll ist der Einbrecher.
Zumindest hat er eben voll gelogen!"

Eine Stunde später
ist die Kette wieder da.
Und die Polizei führt Herrn Kroll ab.

Aber wie ist ihm Henri
nur auf die Spur gekommen?

Lösungen

Verräterische Federn

Sein „Hatschi" hat Jannis verraten!
Während er die Torte wegbringt,
probiert er Tils Kopfschmuck aus.
Federn aber lösen bei ihm Niesen aus,
wie Jule ja vorher erzählt hat.

Eiskalte Lüge

Die Kellnerin erklärt,
dass die Geldbörse
nicht im Waschraum war.
Lotti hat ihr aber vorher
gar nicht gesagt, dass sie
die Börse dort vergessen hat.
Außerdem macht Helena
auf Seite 23 unten eine Entdeckung.

Aufregung bei der Pyjama-Party

Leon hört durchs Telefon
das Läuten einer Glocke –
und Max wohnt direkt neben der Kirche,
wie auf Seite 28 zu sehen ist.

Einbruch am Mittag

Wäre Herr Kroll wirklich
„gerade erst gekommen",
wie er behauptet,
wäre er sicher nicht
mit offenem Verdeck gefahren.
Schließlich regnet es!
Für seine Lüge muss es also
einen Grund geben …

Leserätsel

mit dem Leseraben

Hast du die Geschichten ganz genau gelesen?
Der Leserabe hat sich ein paar spannende
Rätsel für echte Lese-Detektive ausgedacht.
Mal sehen, ob du die Fragen beantworten kannst.
Wenn nicht, lies einfach noch mal
auf den Seiten nach. Wenn du die richtigen
Antwortbuchstaben in die Kästchen auf Seite 45
eingesetzt hast, bekommst du das Lösungswort.

Fragen zu den Geschichten

1. Was spielen die Kinder, bevor sie Torte essen?
   (Seite 11)

   O: Sie spielen Fußball.

   P: Sie machen einen Hindernislauf.

2. Warum gehen Lotti, Marie und Helena zu „Il Gelato"? (Seite 18)

    R: Weil es dort das beste Erdbeereis gibt.

    S: Weil das Eis dort so günstig ist.

3. Was sagt die Kellnerin, als Lotti fragt, ob sie die Geldbörse gesehen hat? (Seite 23)

    N: „Im Waschraum war sie nicht!"

    M: „Sie war nicht auf dem Tisch!"

4. Warum sind Arifa und Max sauer? (Seite 27)

    A: Weil Caro sie nicht zur Party eingeladen hat.

    B: Weil Leon ihnen einen Streich gespielt hat.

5. Was ist während der Mittagszeit passiert? (Seite 37)

    D: Jemand hat das Auto gestohlen.

    E: Jemand hat die Goldkette gestohlen.

Lösungswort:

S	Ü			S	
1	2	3	4	5	

Katja Königsberg

Meisterdetektiv
Benjamin Katz
Das Gespenst im Garten

Mit Bildern von Dagmar Henze

Inhalt

Ein schwieriger Fall

Benjamin Katz
sitzt auf dem Sofa
und blickt zur Tür.
Er hofft auf Kundschaft.
Benjamin Katz
ist Detektiv.

Er hat schon
viele Fälle gelöst.
Nun wartet er
auf den nächsten.

Da klopft es
an die Tür.
Draußen steht
Bruno von Bellheim.
Er keucht:
„Du musst mir helfen!"

„Komm rein!",
sagt Benjamin Katz.
„Im Sitzen
spricht es sich leichter."

Bruno von Bellheim fällt
ächzend in einen Sessel.

„Man hat mich
gerade bestohlen!
Acht Hühnerbeine
sind weg.

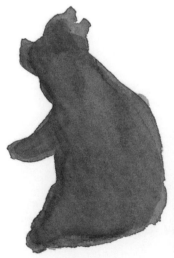

Ich hatte sie eben gebraten
und zum Abkühlen
ans offene Fenster gestellt."

„So ein Leichtsinn!",
ruft Benjamin Katz.
„Hast du den Dieb
noch gesehen?"

Der große
Bruno von Bellheim
sieht plötzlich
ganz klein aus
und fängt an
zu stottern:
„Der Dieb ...
Ja, weißt du,
der Dieb
war – ein Gespenst."

Da staunt Benjamin Katz.
„Ein Gespenst?
Am hellen Tag?
Wo kam es denn her?"

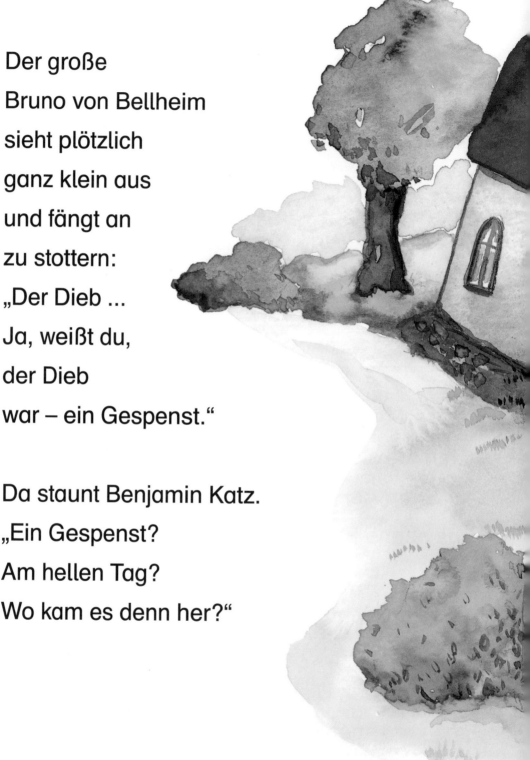

Bruno von Bellheim erzählt:

„Es drückte sich

durch das Gartentor.

Das hatte ich eben

mit grüner Farbe gestrichen.

Alles sollte schön aussehen.
Ich bekomme nämlich
heute Abend Besuch."

Benjamin Katz nickt.
„Darum hattest du auch
die Hühnerbeine gebraten."

„Genau!",
sagt Bruno von Bellheim.
„Meine Freunde
kommen
zum Kartenspielen.
Sie bleiben wie immer
zum Abendbrot."

Benjamin Katz

versinkt in tiefe Gedanken.

Dabei kaut er

einen Kaugummi

mit Fischgeschmack.

Das hilft ihm immer

beim Überlegen.

Endlich sagt er:
„Ich übernehme den Fall.
Am besten komme ich
noch heute Abend vorbei
und schaue mir alles an.“

Abendbrot mit Freunden

Bruno von Bellheim
geht schnell
nach Hause.

Er brät
neue Hühnerbeine.
Diesmal zehn.
Er will
auch Benjamin Katz
zum Abendbrot bitten.

Benjamin Katz
kommt genau richtig.
Bruno von Bellheim
hat die Hühnerbeine
gerade serviert.

Seine drei Freunde
sitzen am Tisch:
Dagobert Dackelmann,
Schorschi Schnauz
und Kilian Kläff.
Alle greifen tüchtig zu.
Nur Kilian Kläff isst
keinen einzigen Bissen.

Er sagt:
„Ich habe mir leider
den Magen verdorben."

Nach dem Abendbrot
sieht sich Benjamin Katz
überall um und
macht sich viele Notizen.

Er will auch noch
die Nachbarn befragen.
Aber den Weg
kann er sich sparen.
Die Nachbarn
sitzen nämlich am Tisch.

Dagobert Dackelmann
wohnt rechts,
Schorschi Schnauz links
und Kilian Kläff
wohnt gegenüber.
Alle drei sagen,
sie hätten den Dieb
nicht gesehen.
Alle drei
schütteln die Köpfe.

Dagobert Dackelmann hat
um die fragliche Zeit
ein Schläfchen gemacht.

Schorschi Schnauz ist
auf dem Markt gewesen.
„Was hast du denn
Schönes gekauft?",
fragt Benjamin Katz.

„Hühnerbeine",
sagt Schorschi Schnauz.
„Die sind
mein Lieblingsgericht!"

Kilian Kläff hat
Wäsche gewaschen und
auf die Leine gehängt.

Bald darauf
wollen alle
nach Hause.
Bruno von Bellheim
bringt sie zur Tür.

Dagobert Dackelmann
geht nach rechts.
Schorschi Schnauz
geht nach links.
Benjamin Katz geht
mit Kilian Kläff
über die Straße.
Im Garten hängt
Kilians Bettwäsche.

Sie schimmert im Mondlicht.
Benjamin Katz geht
an der Wäscheleine entlang.
Einmal bleibt er stehen
und nickt.

„Alles schön sauber,
nicht wahr?",
fragt Kilian Kläff.
„Fast alles!",
sagt Benjamin Katz.

Dann will er
schnell heim.
Er muss noch
einen Kuchen backen.
„So spät?",
wundert sich Kilian Kläff.

„Ja, morgen kommt Besuch!",

sagt Benjamin Katz.

Dann geht er

lächelnd davon.

Zu Hause eilt
Benjamin Katz ans Telefon.
Er ruft
Bruno von Bellheim an.

„Komm schnell vorbei!
Wir fassen den Dieb
noch heute Nacht."

Die Falle

Benjamin Katz und
Bruno von Bellheim sitzen
hinter der Gartenhecke.
Am Fenster duftet
der frische Kuchen.

„Mit Speck
fängt man Mäuse",
flüstert Benjamin Katz.
„Und mit Kuchen
fängt man Gespensterdiebe!"

Da knarrt das Gartentor.
Im hellen Mondlicht
schwebt ein Gespenst
durch den Garten.

Es schwebt
zum Küchenfenster.
Es greift nach dem Kuchen.
Schon will es eilig
wieder davon.

Lautlos schlüpft

Benjamin Katz

hinter der Hecke hervor.

Er packt das Gespenst

an seinem Gespensterkleid.

80

Bruno von Bellheim
wird es angst und bange.
Doch was ist das?
Das Gespensterkleid
ist nur ein Bettlaken!
Und unter dem Bettlaken
steckt Kilian Kläff.

„Hier ist der Dieb!",

sagt Benjamin Katz.

„Na so was!",

ruft Bruno von Bellheim.

„Mein Freund ist ein Dieb?"

„So ist es",

sagt Benjamin Katz.

„Schon beim Abendbrot
hatte ich
einen Verdacht.
Er hatte als Einziger
keinen Appetit,
obwohl das Essen
sehr gut war."

„Na klar",
sagt Kilian Kläff.
„Da hatte ich schließlich
bereits jede Menge
Hühnerbeine verdrückt."

„Und bald darauf
sah ich
den Farbfleck",
sagt Benjamin Katz.

„Welchen Farbfleck?",
fragt Kilian Kläff.

„Auf einem Laken
in deinem Garten!"
Benjamin Katz lacht.
„Die grüne Farbe
von Brunos Gartentor
war auch
nach der Wäsche
noch drin!
Also wusste ich,
dass das Gespensterkleid
dein Bettlaken war."

Da muss Kilian Kläff
alles zugeben.
Er guckt traurig
auf seine Füße
und sagt:
„Es tut mir leid, Bruno!

Aber alles, was du kochst,

schmeckt so gut.

Bei mir gibt es

jeden Tag Käsebrot.

Dabei mag ich so gern

Hühnerbeine und Kuchen.

Aber ich kann leider

weder kochen noch backen."

Benjamin Katz und

Bruno von Bellheim

sehen sich an.

„Dann musst du es lernen",

sagt Benjamin Katz.

„Wir zeigen es dir",

nickt Bruno von Bellheim.

„Und jetzt?",

fragt Kilian Kläff.

„Jetzt essen wir Kuchen!",

sagt Benjamin Katz.

„Der Fall ist

schließlich gelöst!"

Leserätsel

mit dem Leseraben

Der Leserabe hat sich ein paar spannende
Rätsel für echte Lese-Detektive ausgedacht.
Mal sehen, ob du die Fragen beantworten kannst.
Wenn nicht, lies einfach noch mal auf den Seiten
nach. Wenn du die richtigen Antwortbuchstaben
in die Kästchen auf Seite 91 eingesetzt hast,
bekommst du das Lösungswort.

Fragen zu den Geschichten

1. Wem muss Benjamin Katz dieses Mal helfen?
(Seite 54)
D: Bruno von Bellheim.
A: Bruno von Barnheim.

2. Wie sah der Dieb aus? (Seite 58)
S: Wie ein Räuber.
T: Wie ein Gespenst.

3. Warum hat Bruno von Bellheim die Hühnerbeine gebraten? (Seite 61)

T: Weil er Hunger hat.

E: Weil er Besuch bekommt.

4. Wieso hat Benjamin Katz noch in der Nacht einen Kuchen gebacken? (Seite 76)

S: Weil er so Lust auf Kuchen hatte.

T: Weil er damit den Dieb fangen will.

5. Was war mit dem Laken von Kilian Kläff? (Seite 86)

N: Das Laken hatte ein Loch.

V: Auf dem Laken war ein Farbfleck.

Lösungswort:

1	E 2	3	K 4	I 5

Petra Wiese

Ein Fall für
Schnüff & Schnief

Oh Schreck, Welli ist weg!

Mit Bildern von Detlef Kersten

Inhalt

Wo ist Welli?

Mein Name ist Schnüff.

Ich bin ein schlauer Hund.

Und ich habe immer eine Lupe dabei.

Denn ich bin ein Detektiv.

Als ich heute Morgen
in die Küche ging,
sah ich auf die Uhr.
Es war schon nach zehn.

Verdächtig ruhig hier!, dachte ich.
Plötzlich entdeckte ich
den leeren Vogelkäfig.

„Ach du Schreck!", rief ich laut.

„Welli wurde entführt!"

Welli ist mein Freund.

Er ist ein grüner Wellensittich.

Nun musste ich einen Fall
für mich lösen.
Das hatte ich noch nie getan.
Sonst löse ich immer Fälle
für andere.

Ich schnappte meine Lupe
und untersuchte den Käfig.
An der Käfigtür hingen
schwarze Haare.
„Seltsam", murmelte ich,
„Welli hat Federn und kein Fell."

Ich schaute mich in der Küche um.

Auf dem Boden sah ich Spuren.

Es waren Katzenspuren.

Ich kannte eine schwarze Katze.

Ihr Name war Schnief

und sie wohnte zwei Häuser weiter.

Ich mochte sie nicht besonders.

Schnief quatschte

ohne Punkt und Komma.

Und sie war ziemlich gefräßig.

War es Schnief?

Ich verfolgte die Katzenspuren.

Sie führten in den Garten –

bis vor den Baum.

Dort hörten sie einfach auf.

Ich blickte nach oben.

Im Baum war niemand zu sehen.

Da schaute Igor, der Igel,

über die Hecke.

„Hallo, Schnüff,
suchst du etwas?",
fragte er.

„Ja, ich suche Welli.
Vermutlich hat Schnief
ihn entführt", sagte ich.

Igor lachte laut los.
„Welchen Grund hat Schnief?",
fragte Igor dann.

„Vielleicht will sie mich erpressen?
Bestimmt braucht sie Geld.
Sie geht dauernd einkaufen!",
antwortete ich.

Igor schüttelte den Kopf.

„Du bist auf dem Holzweg", sagte er.

„Schnief ist keine Entführerin."

Dann drehte er sich einfach um

und ließ mich stehen.

Ich ging wieder ins Haus zurück.
Vielleicht meldete sich
der Entführer bei mir.

Klingeling!
Tatsächlich läutete das Telefon.
Ich nahm den Hörer ab.

„Hallo, hier ist Paul,
die Schildkröte.
Kannst du mir Möhren leihen?",
sagte die Stimme.

„Ach, du bist es nur",
sagte ich und seufzte.
„Ich dachte es sei Schnief!"
„Wieso?", fragte Paul neugierig.
Schnell erzählte ich Paul
von der Entführung
und dass ich Schnief verdächtigte.

„Das ist ein falscher Verdacht",
meinte Paul und kicherte.
„Hast du nun Möhren
oder nicht?", fragte er.
„Leider nein", sagte ich
und legte den Hörer auf.

Dann kochte ich mir einen Kakao
und dachte lange nach.
Hatte Schnief Welli
wirklich entführt?

114

Immerhin hatte ich schwarze Haare
und Katzenspuren gefunden.
Sollte ich etwa die Polizei
anrufen und um Hilfe bitten?

Verflixt!
Ich konnte meinen eignen Fall
nicht lösen.
Plötzlich hatte ich eine Idee.

Schniefs Haus

Mutig ging ich zu Schniefs Haus.

Mein Herz pochte, als ich

auf die Klingel drückte.

Ich wartete.

Aber nichts geschah.

Schnief war nicht da.

Vielleicht wollte Schnief
die Tür gar nicht öffnen?
Vorsichtig schlich ich
um das Haus herum.

Auf der anderen Seite
befand sich ein großes Fenster.
Ich sah in Schniefs Wohnzimmer.

118

Es war ein normales Wohnzimmer:
ein rotes Sofa, zwei rote Sessel,
ein Tisch, ein Schrank.

Und an der Wand hingen
Fotos von Schniefs Familie.
Ich sah mir das Wohnzimmer
noch einmal genau an.
„Nanu!", staunte ich
und rieb mir die Augen.

Auf einem Foto entdeckte ich
Welli und Schnief.
Was bedeutete das?
War ich auf der falschen Fährte?

Da hörte ich eine vertraute Stimme.
„Ein Pirat isst keinen Salat",
sang Welli.

Woher kam seine Stimme?
Ich drehte mich um.

Hinten im Garten stand
ein kleiner Schuppen.

Wie ein Blitz rannte ich dorthin
und riss die Tür auf.

Überraschung!

„Hurra!", rief Welli mir entgegen.

Igor grinste mich an.

„Du hast es geschafft!

Du hast Welli gefunden!", sagte er.

Paul klatschte und lachte.
„Du hast deinen 100. Fall gelöst!
Deswegen feiern wir ein Fest!",
rief er begeistert.

„Leider konnte ich keinen
Möhrensalat mitbringen!"

„Macht nichts!",
plapperte Welli schnell dazwischen.

Von der Decke hingen
Luftschlangen und Lampions.
Auf dem Tisch standen Chips,
Kekse und Himbeerbrause.

Schnief war auch da.
„Ich habe mir den Fall selbst
ausgedacht", sagte sie stolz.
Welli knabberte
an einem Keks.

„Du bist eine schlaue Katze, Schnief",
sagte ich voller Bewunderung.
„Du wärst bestimmt
eine prima Detektivin!"

Leserätsel

mit dem Leseraben

Hast du die Geschichte ganz genau gelesen?
Der Leserabe hat sich ein paar spannende
Rätsel für echte Lese-Detektive ausgedacht.
Mal sehen, ob du die Fragen beantworten kannst.
Wenn nicht, lies einfach noch mal
auf den Seiten nach. Wenn du die richtigen
Antwortbuchstaben in die Kästchen auf Seite 134
eingesetzt hast, bekommst du das Lösungswort.

Fragen zur Geschichte

1. Warum hat Schnüff immer eine Lupe dabei?
(Seite 97)

G: Weil er ein Detektiv ist.

O: Weil er so schlecht sieht.

2. Was entdeckt Schnüff an Wellis Käfigtür?
(Seite 101)

A: Er entdeckt Federn.

E : Er entdeckt schwarze Haare.

3. Welchen Grund könnte Schnief haben, Welli zu
entführen? (Seite 108)

B: Sie geht ständig einkaufen und braucht daher
immer Geld.

T: Sie will Welli fressen.

4. Von wem wird Schnüff angerufen?
(Seite 110/111)

E : Vom Entführer, der Geld von Schnüff
fordert.

R : Von Paul, der Schildkröte, die sich Möhren
von Schnüff leihen will.

5. Was entdeckt Schnüff in Schniefs Wohnzimmer?
(Seite 121)

T : Ein Foto von Welli und Schnief.

P: Einen Berg Möhren.

6. Weshalb haben Welli, Igor, Paul und Schnief ein Fest vorbereitet? (Seite 125)

  T : Weil Schnüff Welli gefunden und damit seinen 100. Fall gelöst hat.

  N: Sie wollen Wellis Geburtstag feiern.

Lösungswort:

1	2	3	U 4	5	S 6	A	G

Leserätsel
mit dem Leseraben

Der Leserabe hat sich für dich noch einige
Extra-Rätsel zu den Geschichten ausgedacht!
Wenn du Rätsel 4 auf Seite 137/138 löst,
kannst du ein Buchpaket gewinnen!

Rätsel 1

In dieser Buchstabenkiste haben sich vier
Wörter aus den Geschichten versteckt.
Findest du sie?

X	G	A	R	T	E	N
W	Y	P	L	Q	S	O
E	A	K	A	T	Z	E
L	B	Ä	C	V	N	M
L	Z	D	I	E	B	X
I	U	E	T	Z	G	H

Rätsel 2

Der Leserabe hat einige Wörter aus den
Geschichten auseinandergeschnitten.
Immer zwei Silben ergeben ein Wort.
Schreibe die Wörter auf ein Blatt!

Ge-
     -pe
         -spenst
     -ten
        Gar-
Par-
     Lu-
       -ty

Rätsel 3

In diesem Satz aus den „Spannenden
Detektivgeschichten" von Seite 99 sind fünf
falsche Buchstaben versteckt. Lies ganz genau
und trage die falschen Buchstaben der Reihe
nach in die Kästchen ein.

„Ach duk Schreck!", rief ich laut.
„Weälli wurde entfführt!"
Welli iist mein Freungd.

1	2	3	4	5

Rätsel 4

Beantworte die Fragen zu den Geschichten.
Wenn du dir nicht sicher bist, lies auf den Seiten
noch mal nach!

1. Was bestellen Lotti und ihre Freundinnen im
Eiscafe? (Seite 19)
R: Drei Becher mit Walnusseis.
G: Dreimal Erdbeer mit Sahne.

2. Was serviert Caros Mama den Kindern auf der
Pyjama-Party? (Seite 29)
E : Kakao und frische Waffeln mit Sahne.
Ü : Heiße Würstchen mit Senf.

3. Wohin hat Bruno von Bellheim die Hühnerbeine
zum Abkühlen gestellt? (Seite 55)
P : In den Kühlschrank.
D : Auf die Fensterbank

4. Was tut Benjamin Katz, um besser nachdenken zu können? (Seite 60)

Ö: Er kaut Kaugummi mit Fischgeschmack.

Ä: Er läuft auf und ab.

5. Was sieht Schnüff, als er morgens in die Küche kommt? (Seite 98)

R: Den leeren Vogelkäfig.

K: Seinen leeren Fressnapf.

6. Wohin führen Schnüff die Katzenspuren? (Seite 104)

I: In die Wohnung von Schnief.

E: Bis vor einen Baum im Garten.

Lösungswort:

1	2	L 3	B 4	5	S 6

Rabenpost

Jetzt wird es Zeit für die Rabenpost! Besuch mich doch auf meiner Homepage **www.leserabe.de** und gib dort unter der Rubrik „Leserätsel" das richtige Lösungswort ein. Es warten außerdem noch tolle Spiele und spannende Leseproben auf dich! Oder schreib eine E-Mail an **leserabe@ravensburger.de**. Jeden Monat werden 10 Buchpakete unter den Einsendern verlost! Natürlich kannst du mir auch eine Karte schicken.

An den LESERABEN
RABENPOST
Postfach 2007
88190 Ravensburg
Deutschland

Ich freue mich immer über Post!

Dein Leserabe

Lösungen:
Rätsel 1: Garten, Welli, Katze, Dieb
Rätsel 2: Gespenst, Party, Garten, Lupe
Rätsel 3: Käfig